CB137892

Nudez Masculina, Ano 2005

Nudez Masculina, Ano 2005

Hildebrando A. de André

Ilustrações:
Vincenzo Scarpellini

editora HARBRA

Direção Geral:
Julio E. Emöd

Supervisão Editorial:
Maria Pia Castiglia

Revisão de Texto:
Maria Lúcia G. Leite Rosa

Revisão de Provas:
Carla Castiglia Gonzaga

Assistentes::
Mônica Roberta Suguiyama
Darlene Fernandes Escribano

Capa:
Vincenzo Scarpellini

Projeto Gráfico:
Leticia Moura

Fotolitos:
Process Bureau de Pré-Impressão S/C Ltda.

Impressão e Acabamento:
Cromosete Gráfica e Editora Ltda.

Nudez Masculina, Ano 2005
Copyright © 2001 por **editora HARBRA ltda.**
Rua Joaquim Távora, 629
04015-001 – São Paulo – SP

Promoção:
Tel.: [011] 5084-2482 e 5571-1122 / Fax: [011] 5575-6876

Vendas:
Tel.: [011] 5549-2244, 5571-0276 e 5084-2403 / Fax: [011] 5571-9777

Todos os direitos reservados. Nenhuma parte desta edição pode ser utilizada ou reproduzida – em qualquer meio ou forma, seja mecânico ou eletrônico, fotocópia, gravação etc. – nem apropriada ou estocada em sistema de banco de dados, sem a expressa autorização da editora.

ISBN (coleção) 85-294-0223-5
ISBN 85-294-0227-8

Impresso no Brasil *Printed in Brazil*

Conteúdo

Apresentação

Segundo os "Parâmetros Curriculares Nacionais de Língua Portuguesa" (PCNLP), os textos escolhidos pelos professores devem oferecer conteúdos sugestivos para uma abordagem variada, percorrendo várias áreas ou disciplinas, e provocando, nos leitores, um proveitoso diálogo. São denominados temas transversais os que oferecem a possibilidade desse amplo uso. Ética, Pluralidade Cultural, Meio Ambiente, Saúde, Orientação Sexual, Trabalho e Consumo etc. "Todos os conhecimentos mantêm um diálogo permanente com outros conhecimentos. Um diálogo que pode ser de questionamento, de confirmação, de complementação, de negação, de ampliação, de iluminação de aspectos não distinguidos."

Os textos da presente obra oferecem esse leque de possibilidades para oportuna e rica utilização nas disciplinas que formam o currículo escolar. Após cada conto, há uma breve orientação para que os professores e seus alunos situem sua observação nos temas sociais sugeridos pelos PCNLP. Os mestres, experimentados na vivência escolar, acrescentarão outras áreas de observação e trabalho, atentos que estão à função de desenvolver a capacidade dos alunos em intervir na realidade e dela extrair uma diretriz para o pleno exercício da cidadania.

Nudez Masculina, Ano 2005

– Neste país, de clima tão quente, as adolescentes já romperam com as velhas normas de conduta em matéria de sexo. Saem à rua mostrando sem inibições sua nudez. A população aceita e acha natural. Entretanto, essa libertação de velhos preconceitos foi historicamente fruto de uma série de batalhas nem sempre vitoriosas.

Assim principiou sua fala o presidente da mesa-redonda que discutia o comportamento sexual da mulher. O objetivo do encontro era fazer um balanço, no início daquele ano de 2005, das vitórias da mulher na luta contra o tradicional machismo dos homens.

– Essa conquista – falou um professor de Literatura – está registrada nos próprios livros de ficção. Lembro o comportamento da heroína do romance *A pata da gazela*, de Manuel de Macedo. O protagonista achou um pequeno sapato e ficou encantado com ele. A partir daí, dedica todo o seu tempo procurando a cinderela, dona

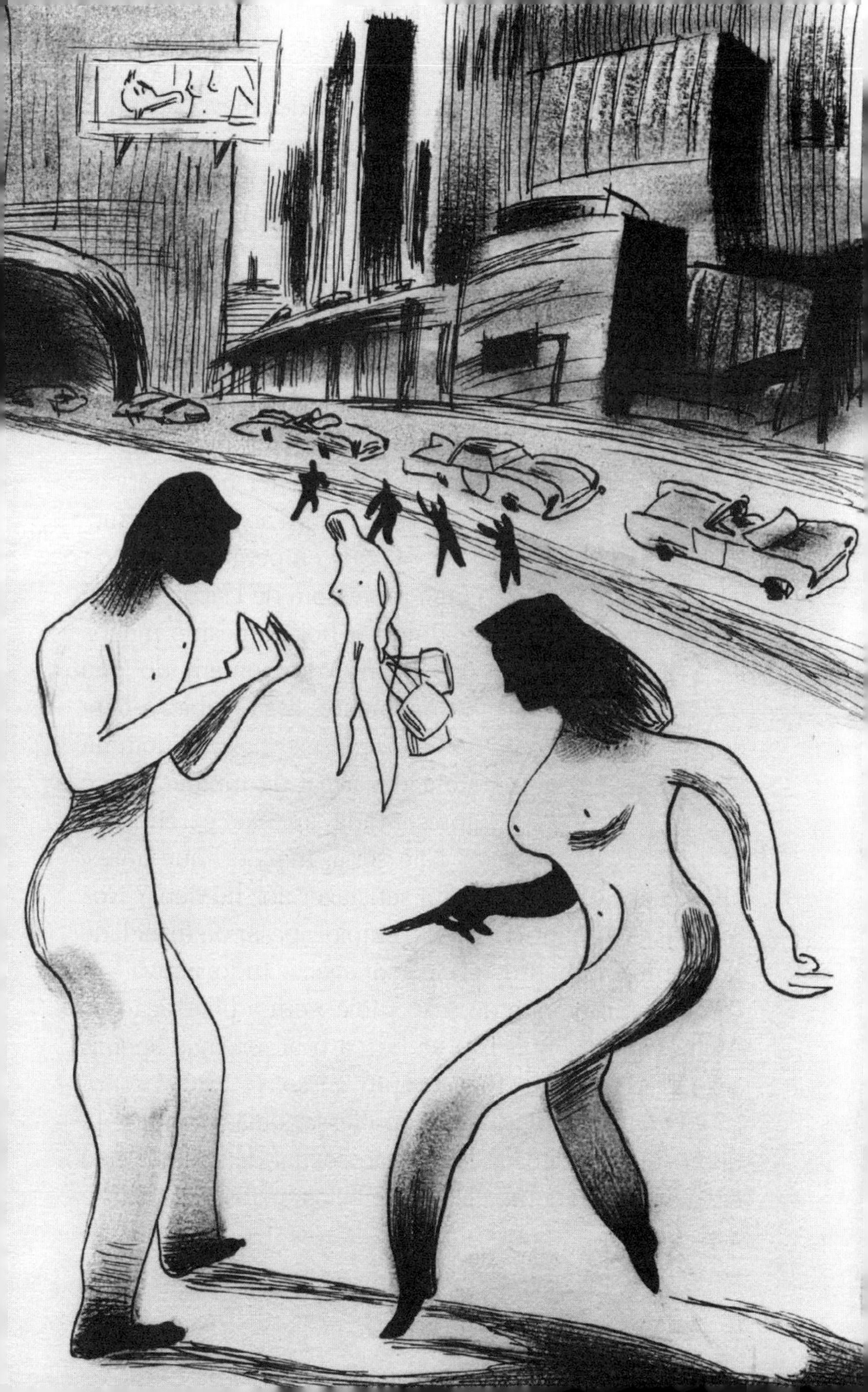

daquele sapatinho. E vive momentos de enlevo, de amor romântico, imaginando aquela cujos pezinhos delicados estariam a denunciar uma jovem digna de uma grande paixão... Hoje tudo isso é ridículo, mas foi um registro do início de uma luta pela libertação da mulher... No Romantismo, era uma deusa forjada pela burguesia familiar dominante; hoje é apenas a mulher, dona do seu corpo, que busca a desejada satisfação sexual.

E o professor de Literatura continuou sua exposição, mostrando o comportamento da mulher nas estéticas que se seguiram ao Romantismo.

– O que eu pergunto – falou uma professora de Psicologia – é se a mulher hoje é mesmo menos dependente do homem do que antigamente. Essa exibição livre do sexo não estaria criando uma imagem irreal da mulher, que é apresentada apenas carente de sexo? Não seria, mais do que antes, apenas atração sexual para satisfazer aos homens? Nos romances românticos, por exemplo, apesar da futilidade no comportamento das personagens, tudo girava em torno do amor, não do sexo. Hoje, com a libertação da mulher, parece que não se busca o amor, mas apenas sexo. E a literatura atual comprova isso.

– O problema – disse um professor de *Marketing* – é que o movimento de libertação sexual da mulher está sendo dirigido comercialmente pelos meios de comunicação de massa, especialmente a TV. Basta fazer um levantamento dos milhares de programas e produtos comerciais lançados para criar o desejo de comprá-los ou consumi-los. São programas e produtos que realçam o sexo, excitando os homens. Estes, mais do que antes, são colocados como os que se beneficiam dos prazeres sexuais com a mulher tornada cada vez mais fácil... A mulher se degrada e endeusa cada vez mais os machos. Não há amor nenhum nessa jogada. Só comércio.

As palavras da psicóloga e do professor de *Marketing* estavam pondo em dúvida se o objetivo daquela mesa-redonda devia mesmo ser o de comemorar a libertação sexual da mulher ou, ao contrário, libertá-la de um processo de degradação... Esta última idéia acabou prevalecendo.

– O problema levantado é real e requer reflexão – ponderou um psicanalista. – Nas passadas lutas pelos seus direitos, as mulheres já haviam conquistado uma posição de igualdade e mesmo de superioridade. Haviam-se tornado mais competitivas, mais capazes de influir em transformações humanitárias e justas para ambos os sexos, e tudo isso sem abrir mão de sua vaidade, de sua beleza, de seu poder de atração. Agora, há entre as garotas um processo de desconforto que está gerando desajustes. O número de meninas estressadas tem aumentado. O comportamento homossexual é procurado mais do que antes como um derivativo, uma fuga...

– Em meu entender – depôs um médico – essa propalada libertação da mulher feita pelos meios de comunicação de massa está sendo dirigida irracionalmente. Seu efeito principal não é valorizar as mulheres, mas o de dividi-las em duas classes: as mais jovens de um lado, e as de mais idade de outro. À medida que a TV e as revistas destacam nas garotas seus atributos físicos, as mulheres de meia-idade e as mais velhas são desprezadas. Estas já foram afastadas do convívio social. São ridicularizadas por não terem o corpo ideal padronizado conforme os modelos escolhidos e expostos pela TV. Eu pergunto então: onde está a libertação da mulher?

Os debates continuaram, aprofundando mais e mais o tema. No final, uma das professoras presentes, que liderava um movimento feminista, propôs uma solução que considerava prática e daria resultados:

– Os homens estão em vantagem porque não mostram o sexo. Se exibissem os órgãos sexuais como fazem as mulheres, muitos machões seriam desmascarados, e as mulheres e os homens teriam iguais vantagens. É necessário acionar os meios de comunicação para motivar os homens, a começar dos jovens e dos meninos, a aderir à nova moda.

Os participantes da mesa-redonda comunicaram à imprensa as conclusões a que haviam chegado, destacando a sugestão final da líder do movimento feminista.

As agências de publicidade ligadas à TV acharam fantástica a idéia das feministas. Aquilo era o novo filão comercial que convinha explorar imediatamente. Criaram *slogans* realçando que havia chegado também a libertação do sexo masculino. Exibiram clipes para divulgar entre os meninos e os rapazes a projeção que teriam, se mostrassem o sexo. A campanha publicitária formou em breve nova mentalidade entre os homens, que aderiram em massa ao novo comportamento. Nos clipes e nas revistas os garotões exibiam com desenvoltura sua nova imagem e seu novo comportamento. Rapazes, cuja sexualidade se destacava, começaram a aparecer nus pelas ruas, nos clubes, nas piscinas, nos *shoppings*. De olho neles, a criatividade dos comerciantes inventou efeitos especiais para os quadris, para as nádegas e para os pênis. Envolvidos pela propaganda, os pais e mães aderiram, com renovada satisfação: participavam da liberação geral dos filhos.

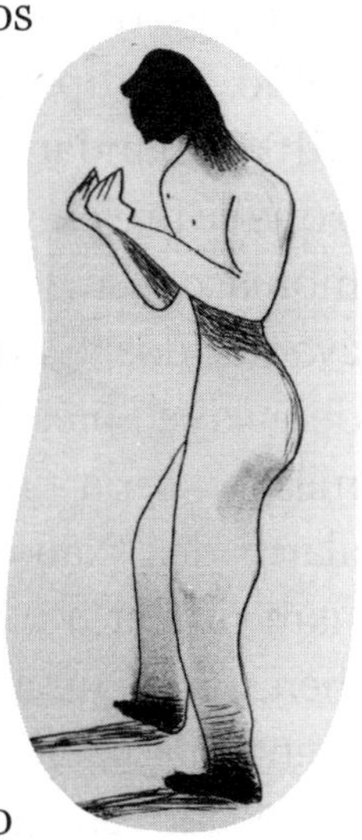

Mas principiaram a surgir problemas sérios, que acabaram mudando completamente os costumes masculinos. Até aquela data, os homens sempre haviam escondido os órgãos sexuais. Agora, deviam exibi-los todos. O número de desajustados, recalcados, revoltados, cresceu, agravou-se e se tornou grave problema social. Não era mais a aparência do rosto, dos cabelos, dos ombros, não era mais a inteligência que contava para valorizar os homens. Explodiram desentendimentos, brigas, revoltas, crimes entre os homens de todas as idades. Os mais velhos, que antes passeavam pelas ruas, freqüentavam jardins e parques, retraíram-se e não saíam mais de casa. Até nas empresas os empregados começaram a ser selecionados pelo tamanho e vigor dos órgãos sexuais. Cresceu assustadoramente o número de homossexuais. Aumentou o número de garotos de programa. Aquela atração exclusiva do homem pela mulher estava cedendo espaço para a atração do homem por outro.

As feministas que se preparavam para comemorar nova vitória das mulheres, ficaram perplexas, desarvoradas. A crise, nos primeiros anos, exacerbou-se. Segundo as previsões dos agentes de *marketing*, só em torno do ano 2010 haveria uma visão clara do que as mulheres ou os homens teriam lucrado ou perdido... Então, o grupo vencedor se firmaria... Depois do ano 2010 comandariam os homens ou as mulheres? Por ora, o que se projetava claramente era a perda da antiga hegemonia dos machões... Só mesmo os que tinham pênis avantajados e de fácil erecção é que impunham aos demais seu prestígio. Se não surgisse uma reviravolta, um milagre, seria um caos social... As autoridades estavam alarmadas. Não atinavam com uma solução. Não poderiam proibir a nudez já conquistada por homens e mulheres. Seria uma forma insuportável de censura e cerceamento das liberdades individuais... Qual a solução? A nova sociedade estava ali, dividida em dois grupos, conforme a aparência sexual: jovens de um lado e velhos do outro.

Os donos dos meios de comunicação de massa, sempre atentos a tirar proveito comercial das mudanças que eles mesmos provocavam na sociedade, planejaram outro lance de *marketing*. Um alquimista indiano havia descoberto uma poção mágica de rejuvenescimento... Se de fato o remédio tivesse os propalados efeitos, poderia ser vendido em larga escala. O descobridor, Rajin Dranah, garantia que os homens e as mulheres que tomassem o remédio voltariam a ter o mesmo vigor e a mesma aparência dos jovens. Quanto ao sexo, o alquimista tinha uma nova teoria ligada ao espiritualismo de sua concepção filosófico-religiosa. O sexo – doutrinava o sábio – acontecerá desde que haja comunhão mística entre os pares que pretenderem se unir. Sem esse ingrediente, não aconteceria a atração sexual. Os ocidentais – esclarecia o alquimista – chamam de amor a essa atração.

O esclarecimento do alquimista equivalia ao que os religiosos e pensadores sempre haviam ensinado: o sexo deve estar ligado ao amor. Por isso, os religiosos e os pensadores foram os que mais se entusiasmaram pelo novo produto. Inúmeros debates foram promovidos pelos meios de comunicação, pelas escolas, pelas igrejas, por toda a parte. É verdade que aquela poção mágica produzida pelo alquimista despertava a suspeita de engodo. Mas a maioria, homens e mulheres marginalizados por não terem a aparência endeusada de sexualmente ativos, deu por antecipação sua total adesão ao novo produto. Rajin Dranah, entretanto, não revelava muita pressa... Só no ano de 2012 – ano em que vários astros estariam em posição favorável – é que lançaria o produto no mercado.

Temas transversais

Estilo Alegórico

O narrador teve um objetivo: propor ao leitor, embora em termos literários, uma visão crítica do comportamento sexual adotado em futuro relativamente próximo (do ano 2005 em diante). Por isso, narrou por meio de uma alegoria, ou seja, de um conjunto de situações, fatos e pessoas imaginárias. As pessoas, as ações e as situações têm a aparência de realidade imaginada em que o leitor deve fixar sua observação crítica e, eventualmente, formular seus juízos e tirar suas conclusões.

Invente uma história fantástica sobre um namoro ocorrido no ano 2012. As personagens devem ser animais domésticos, simbolizando pessoas.

Ética

O comportamento ético depende do indivíduo moldado pela cultura do grupo social em que vive. O narrador, usando o artifício dos pronunciamentos dos que participaram da mesa-redonda - professor de Literatura, psicóloga, professor de *Marketing*, psicanalista, médico, líder feminista - mostra os diversos ângulos do comportamento sexual adotado na sociedade e seus efeitos.

Em sua opinião, o comportamento sexual é o único instrumento na formação da verdadeira conduta humana? O respeito mútuo, a justiça, o diálogo, a solidariedade dependem do uso do sexo?

Comportamento Sexual

A alegoria toda gira em torno de um comportamento: desnudar-se para mostrar os órgãos sexuais. Essa exibição é encarada, no ano 2005, como símbolo da libertação da mulher que busca a igualdade com os homens, e caminhará, do ano 2010 em diante, para uma efetiva igualdade entre homens e mulheres, quando os homens também se habituarem a desnudar-se como as mulheres. No final do conto, a intervenção do sábio e alquimista Rajin Dranah aponta para o âmago do comportamento sexual: o sexo deve estar ligado ao amor entre homem e mulher.

Escreva sobre o tema: O amor e o sexo.

Meio Ambiente - Saúde

A narrativa apresenta, nos vários grupos sociais, as conseqüências do comportamento sexual adotado: os jovens parecem beneficiar-se, os velhos são sempre marginalizados. O narrador destaca um fato muito sério: afinal, homens e mulheres não passam de joguetes ou instrumentos de comércio nas mãos de hábeis negociantes que, graças ao *marketing* e à influência dos meios de comunicação, dirigem o comportamento com objetivos puramente comerciais. Os maus costumes, a degradação moral, as doenças, nada disso importa aos que manipulam a mídia para obter lucros fáceis.

No mundo globalizado de hoje, os hábitos das pessoas são quase sempre aqueles divulgados pelos meios de comunicação de massa. Em sua opinião, até que ponto o comportamento sexual é influenciado por aqueles veículos de propaganda?

Marino

Depois que saíra do seminário, Marino empregara-se na fazenda Sant'Ana, que pertencia a uma ordem religiosa. Uma fazenda que ainda conservava muitos dos vestígios da escravidão.

Um vasto terreiro pavimentado com grandes tijolos estendia-se em frente da casa-grande, por mais de duzentos metros de largura e cinqüenta de profundidade. Havia sido utilizado para a secagem dos grãos de café e outros produtos agrícolas. O que mais lembrava a escravidão era um grande casarão de taipa, cujas paredes mediam seguramente um metro de espessura. O casarão tinha o amplo telhado sustentado por longas e grossas vigas de cabriúva toscamente desbastadas por algum escravo. Havia pelo menos dez dessas vigas, cujas pontas se apoiavam nas volumosas paredes. Nenhuma coluna servindo de apoio para aquelas vigas. Era um imenso vão

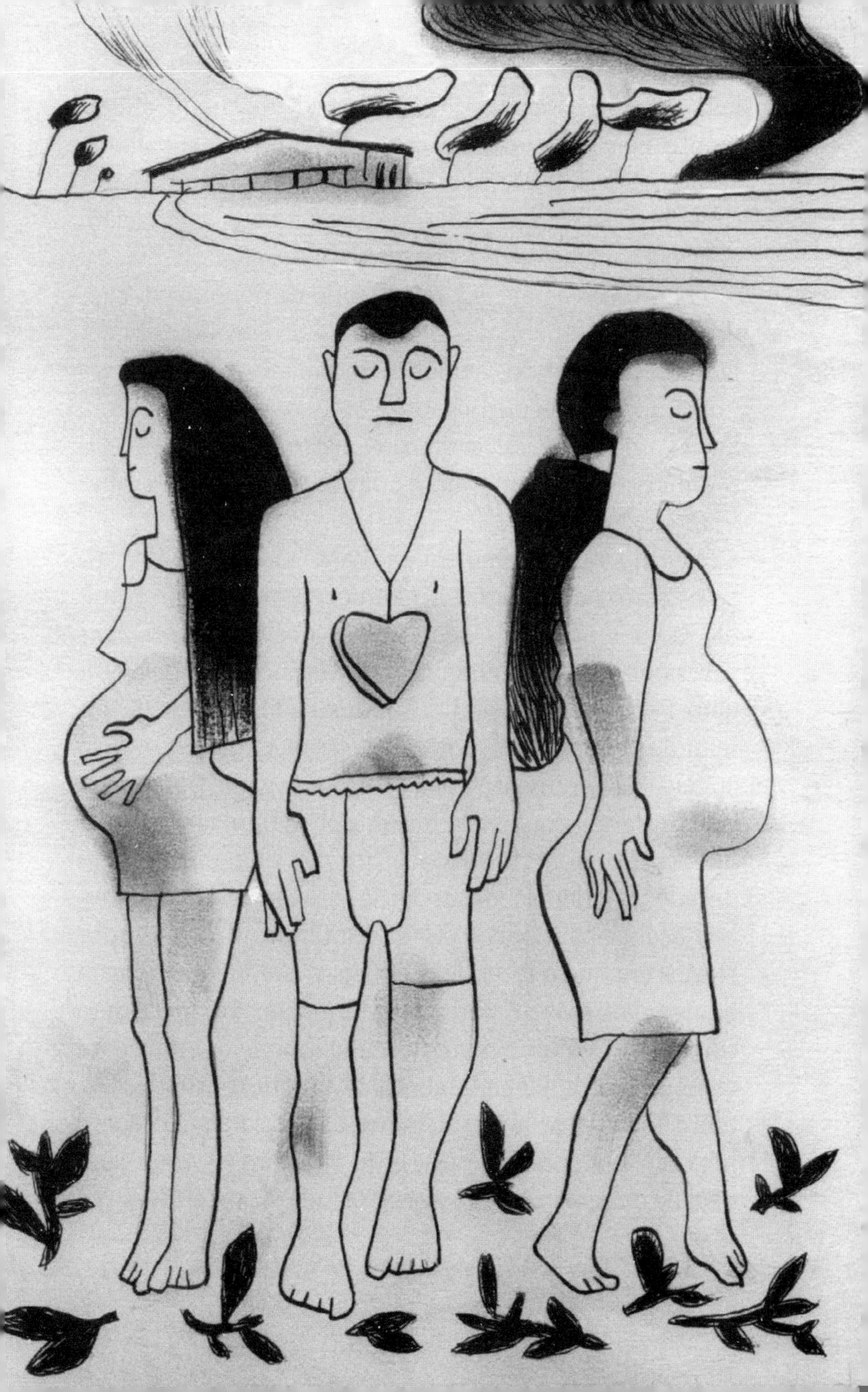

livre, sem divisórias. Ali os escravos dormiam, diretamente no chão de tijolo ou sobre o capim espalhado como colchão. Ao longo das paredes podiam ainda verse as argolas de ferro em que os negros permaneciam acorrentados pelos pés, durante a noite.

O barracão estava agora servindo de depósito de arados, enxadas, máquinas agrícolas e arreios de animais. Durante as férias dos alunos do seminário, o barracão era preparado como dormitório. Por isso, do lado de fora havia uma série de sanitários recém-construídos. Os seminaristas costumavam passar os meses de dezembro e janeiro ali.

Marino morava em pequena casa isolada, que ficava a cem metros do casarão. Tinha dezenove anos. O administrador oficial da fazenda só aparecia uma ou duas vezes por mês, combinando com Marino o que devia ser feito. Pouca coisa, aliás. Os roçados – milho, feijão, arroz, mandioca – corriam por conta de meeiros. Marino só cuidava dos animais, várias cabeças de gado, poucos cavalos e alguns porcos que viviam soltos num lamaçal nos fundos do pomar. Fazenda pobre, que entrara em decadência depois da abolição da escravatura e permanecera abandonada. O que interessava aos proprietários era que a fazenda produzisse a alimentação para os estudantes seminaristas. Marino gozava de muita confiança. Pequena parte do dinheiro que apurava com os negócios da fazenda ele gastava com o próprio sustento. Era pessoa honesta, nunca lhe passara pela cabeça prejudicar a fazenda desviando dinheiro, fazendo um pecúlio para si. O administrador, seu Constantino, era muito amigo de Marino. Não lhe pagava nada como salário, mas sempre concordava com tudo o que ele fazia.

Marino, em seu cavalo tordilho, visitava os sítios ao redor da fazenda, entabulando negócios, conforme o que fora estabelecido por ele e pelo administrador. Sua preocupação era adquirir a alimentação para os estudantes do internato de Rio Claro. Comprava banana, frutas, verduras e outros produtos cultivados na região. Fechava os negócios e mais tarde o carroceiro da fazenda vinha retirar a mercadoria. Às vezes, ele mesmo fazia o trabalho do carroceiro.

Naquele dia, Marino dirigiu-se ao vale do Pernambuco, situado entre duas grandes montanhas, largo e profundo, estendendo-se por mais de dez quilômetros. O vale tinha muitas pequenas propriedades, abundantes minas d'água que desciam pelas encostas formando um córrego bem ao fundo. Modestos sitiantes cultivavam ali suas roças e criavam alguns animais. Estradas sinuosas e estreitas ligavam os sítios. Somente carroças passavam

por ali.

Marino percorria o vale. Passou pelo sítio do seu Ramiro, um espanhol viúvo que vivia com duas filhas moças. Às vezes, as filhas o acompanhavam. As moças levantavam cedo e entregavam-se ao trabalho duro na roça ou no trato com os animais. Eram jovens saudáveis, bonitas, de olhos negros e cabelos ligeiramente loiros.

– Pai não está – disseram.

– Posso entrar? Queria comprar banana. Tem muitos cachos no ponto de corte na beira da estrada.

– Só com pai. Nós não pode fazer negócio. Mas você entra e toma um café.

Enquanto descansava um pouco, Marino olhava a moça mais velha, de vestido curto e braços à mostra. Devia ter pouco mais de vinte anos. A moça também olhava para Marino, cobiçando. Já não via um homem bonito tão de perto há muito tempo. Marino se aproximou dela e, aproveitando que a mais nova havia entrado na cozinha, beijou-a nos lábios. Surpreendida, Mercedes, como era chamada, não reagiu. Marino beijou-a mais uma vez e foi saindo.

– Falem pro pai que volto amanhã pra fazer negócio.

No dia seguinte, Marino veio com a carroça. Encontrou o espanhol e fez o negócio com as bananas.

Quando tomou a estrada para voltar, viu Mercedes à beira do caminho, esperando. Parou e foi ao encontro dela. Ele havia despertado o desejo nela. E então, ali mesmo, debaixo dos pés de bananeira, Mercedes teve sua primeira experiência de sexo. Fazia muito calor e o corpo da moça era todo um forte desejo de continuar. Marino ficou ali algumas horas. Depois, quando os dois estavam extenuados, Marino beijou-a e tocou a corroça.

– Mecê volta amanhã?

– Qualquer dia.

No dia seguinte, Marino passou com a carroça por ali, o encontro se repetiu, não com Mercedes, mas com a irmã, Violeta. Mercedes devia estar por perto, espiando. Ela e a irmã, afinal dividiam tudo, tinham o mesmo direito... Marino não estranhou. Para ele, era um encontro como outros que tivera. Sem compromisso.

O mesmo não pensavam as duas irmãs. Tinham lá seus planos, misto de ingenuidade e maluquice. Marino – confabulavam – bem que poderia morar com elas, quando o pai morresse. O pai estava velho e muito doente. Ele mesmo dizia que a doença era brava, sem cura.

Cinco meses depois, Marino apareceu no sítio. Seu Ramiro havia falecido. Encontrou as duas irmãs, que o receberam com muita alegria. Marino reparou: ambas estavam grávidas.

– Mecê podia morar com nóis, tomando conta do sítio.

Marino não esperava por essa. Ele era o pai das duas crianças que em breve nasceriam... Se morasse ali, teria duas mulheres... Devia ser contra a lei. Muitos viviam até com mais de duas. Tomar conta do sítio? De repente ele viraria proprietário...

Depois de alguns meses, Marino voltou ao pequeno sítio do seu Ramiro. As moças ficaram alegres e o olharam como alguém que era esperado ansiosamente. A gravidez de ambas estava adiantada. O pai era ele mesmo. Seu Ramiro tivera um ataque cardíaco e morrera a caminho do hospital. Estava enterrado em Corumbataí.

Marino ficou em silêncio, perplexo diante daquelas notícias. As duas moças pediam com insistência que ele ficasse com elas, morando ali. Pelo menos até que as crianças nascessem. Marino refletia sem saber o que fazer. De um lado estava o destino daquelas moças, agora grávidas. De outro, a vida dele presa à fazenda e seu emprego. É verdade que vivia sozinho, esquecido dos parentes por decisão própria. Mas as moças precisavam dele e ele tinha aquela obrigação, pois era o pai das duas crianças.

– Amanhã eu volto para ficar morando com vocês.

Marino montou em seu cavalo e retornou à fazenda. Arrumou seus poucos trens e retornou no dia seguinte ao sítio do falecido Ramiro.

– Mecê pode dormir com quem quiser – disse Mercedes.

Marino preferiu dormir num pequeno quarto, separado das duas irmãs. Precisava dar um tempo, antes de tomar uma decisão.

O sítio era pequeno, não tinha mais do que quinze alqueires. As terras vizinhas haviam sido praticamente abandonadas. Por isso, Marino mudou a cerca da propriedade e ampliou o sítio para mais de cinqüenta alqueires. Ninguém iria dar pela coisa. Os proprietários nem moravam mais por ali. Dizia-se que haviam fixado residência no Rio de Janeiro há mais de vinte anos. O fato é que aquele antigo sítio do seu Ramiro agora era uma pequena fazenda. Marino trouxe também dois arados e outras ferramentas. Seu Constantino estaria de acordo, era seu grande amigo. Deixou um recado: ele se mudara por necessidade.

Foi assim que Marino começou a vida nova. O fato de ter duas mulheres não o preocupava muito. Era comum naquelas regiões.

Alguns meses depois, nasceram dois bebês: Sônia e Rufino. Em breve, duas crianças sadias, alegres e muito sapecas. As mães sentiam-se realizadas e felizes. Marino trabalhava com disposição sempre redobrada, de manhã à noite. Arava, plantava, consertava as cercas, reformava os barracões, o paiol. Ia com freqüência a Corumbataí, tornando-se figura familiar entre os comerciantes e agricultores como ele. Suas colheitas eram promissoras. A pequena fazenda tinha realmente futuro.

Depois das atividades do dia, Marino divertia-se com os filhos. À noite dormia em seu quarto. Não escolhia sua parceira. Elas é que se revesavam. Marino percebia que

Violeta estava cada vez mais distante, enciumada. Sentia que Marino dava preferência à irmã. Apesar disso, adorava Sônia, filha dela, mais do que Rufino, filho de Mercedes.

Chegou a época em que as crianças precisavam enfrentar a escola. Marino comprou uma charrete e Violeta as levava todos os dias até Corumbataí, a três quilômetros do vale. Violeta sentia-se bem naquela tarefa, tanto mais que ficava longe de sua irmã contra a qual nutria muito ciúme. No final do ano letivo, Marino trocou idéias com as irmãs: Violeta não precisava fazer duas viagens até Corumbataí todos os dias, uma para levar, outra para trazer as crianças. Rufino iria a cavalo; o animal podia bem ficar ao lado da escola, num pasto reservado para isso. Muitos garotos da região também iam a cavalo à escola. Sônia ficaria no colégio Santos Anjos, das irmãs.

Violeta, porém, continuou indo de charrete a Corumbataí. Havia feito algumas amizades lá. De vez em quando fazia pequenas compras para a família.

Marino ficou sabendo por um negociante em Corumbataí que todo mundo comentava sua bigamia... O delegado, que estava para aposentar-se e pretendia candidatar-se à prefeitura, havia dito que a bigamia era crime e iria investigar o caso. Se fosse constatada, Marino seria preso. Conforme a lei, poderia ficar na cadeia por seis anos. A situação de Marino fora conhecida em conversas com uma de suas mulheres, Violeta.

Marino falou com Violeta. Muito ingênua, ela revelou que havia conversado sobre o fato com a filha de um negociante. Uma conversa entre amigas, sem qualquer maldade.

Marino entendeu o gesto e a inocência da mulher. Apenas esclareceu a Violeta que não devia falar sobre coisas da família. Todos poderiam ficar prejudicados.

Alguns meses depois, o delegado intimou Marino. Devia comparecer à Delegacia. O assunto era evidente: o delegado queria provas da propalada bigamia. Antes de ir a Corumbataí, Marino foi à fazenda Sant'Ana pedir conselho ao amigo seu Constantino.

– Tenho algumas informações sobre o que o Código Penal estabelece em caso de bigamia – falou o administrador. Você e as filhas do Ramiro vivem sob o mesmo teto. Você não se casou com nenhuma das moças. Então não há bigamia. Você disse que dorme em quarto separado. O que complica um pouco é que você é o pai das duas crianças, uma de cada mãe. Sua situação é de concubinato, não necessariamente de bigamia. Eu não sou advogado. Vou hoje mesmo consultar um, que é meu amigo e de muita confiança. Não vá à intimação do delegado antes de falar comigo.

Marino voltou mais aliviado. Seu Constantino não o recriminara, antes mostrara-se compreensivo, disposto a ajudar, salvando-o de um processo e da cadeia.

Mas o delegado, ansioso por aparecer diante da população, mandou uma escolta prender Marino. Foi feito um inquérito e Marino ficou preso. A notícia se espalhou e chegou até Mercedes. Esta foi visitar o prisioneiro que lhe pediu para ir falar com seu Constantino o quanto antes.

Alguns dias depois, o administrador veio a Corumbataí acompanhado de um advogado. Em poucas horas o juiz de Direito revogou a arbitrária prisão, embora o processo instaurado pela autoridade policial seguisse o curso conforme a lei.

Marino havia sido torturado na prisão. Soldados o espancaram. Foram dias terríveis. O delegado convocou testemunhas, juntou atestados de nascimento dos filhos. Marino, segundo ele, era mesmo bígamo. O promotor iria pedir pena máxima: seis anos de reclusão.

Depois de ter sido surrado durante três dias, Marino sentiu-se muito mal e, saindo da cadeia, foi para o pequeno hospital da cidade. O advogado trazido por seu Constantino procurou sossegá-lo:

– O delegado cometeu graves erros e injustiças no processo. Tudo será anulado pelo despacho do juiz.

No hospital, o médico conseguiu conter um processo de isquemia que se estava instalando no sistema vascular de Marino. Mas era necessário fazer exames em um centro maior. Assim, o paciente foi levado a Rio Claro e lá ficou, na Santa Casa, em tratamento. Um mês depois, voltou para casa. Os médicos lhe prescreveram repouso e dieta alimentar. Tomava também uns comprimidos para evitar que se formassem coágulos em suas artérias.

Os dois filhos, que muito amavam o pai, visitavam-no. Sônia, interna no colégio, vinha sempre que podia. Mercedes e Violeta se revesavam ao lado do marido.

De seu quarto, Marino gostava de olhar as árvores, o céu. Estava descobrindo melhor o mundo ao seu redor. Especialmente os pássaros. Ele sempre fora um apaixonado pelos pássaros. Conhecia o nome, o modo de cantar, os hábitos de cada um deles. Apesar do que estava acontecendo, ele tinha a alma feliz. Vivia num paraíso, com suas duas esposas, com os dois filhos, com alguns amigos, especialmente seu Constantino. Pela janela aberta, Marino contemplava a natureza. O movimento das aves era intenso pela manhã. Predominavam os pássaros, quase todos cantadores. Além dos tuins e periqui-

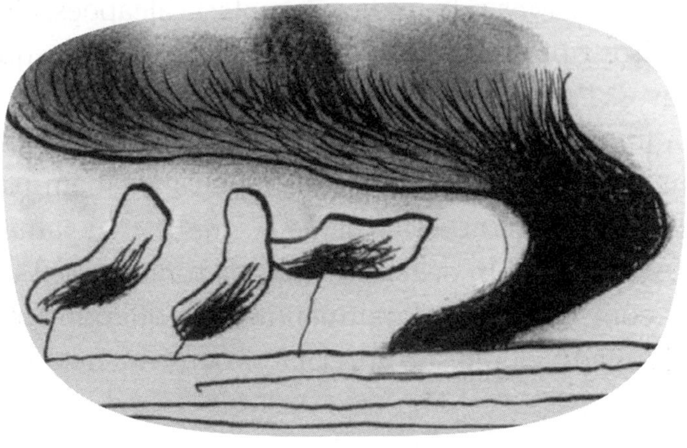

tos, barulhentos e agressivos na disputa dos coquinhos, havia sabiás de peito vermelho que modulavam um canto longo e orquestral. Nos galhos mais altos os bem-te-vis denunciavam o que haviam visto. Uma infinidade de pássaros miúdos, saltitantes, cada um com seu gorjeio próprio: papa-capins, caboclinhos, bigodinhos, pintassilgos, canarinhos, tico-ticos. Outros um pouco maiores, que cantavam alto: curiós, avinhados, azulões, pássaros-pretos. Nos mamoeiros e amoreiras agitavam-se os sanhaços das mais variadas cores. Mais ao longe, joões-de-barro, de canto ritmado, próximos de suas casinhas caprichosamente construídas. Eram arquitetos os joões-de-barro. No capinzal pulavam os tizius com seus trinados agudos. E os chupins atrás dos tico-ticos, sempre famintos, solicitando comida. Até as vacas que pastavam tranqüilas tinham empoleirados sobre o dorso os anus, uns pretos outros cinza-amarelados, catando carrapatos. Marino lembrou-se que, quando menino, vivia com seu estilingue caçando passarinhos. Naquele vale, os meninos não tinham o hábito de portar estilingues e matar passarinhos. Mas sabiam fazer gaiolas e alçapões, além de muitos tipos de armadilhas para capturar as pequenas aves. Penduradas nas paredes das casas, sempre havia muitas gaiolas. Marino respirava o ar puro, olhando as árvores e o céu azul. Olhava também para suas duas esposas. Elas sabiam que ele as amava muito. Rufino, com dezesseis anos, já tomava conta de tudo, com o mesmo desempenho dele quando tinha aquela idade. Sônia, no internato, pensava nele com certeza.

O estado de saúde de Marino não era bom. O médico lhe dissera que poderia surgir algum coágulo numa artéria. Era difícil prever. Só depois de alguns meses é que se faria um diagnóstico definitivo.

Violeta fora à cidade visitar a filha. E trouxe uma cartinha dela para o pai. Marino leu:

"Pai querido

Hoje eu fiz uma redação para você.

Da minha janela eu vejo várias coisas.

Minha vizinha do lado esquerdo é um velhinha alegre e está dando tchauzinho.

O outro vizinho está pintando sua casa. É um casal de japoneses discutindo como querem a pintura.

Os pássaros voando é tão bonito de se olhar. Eles parece que estão conversando quando piam.

Mas quando vejo as nuvens parece que estou vendo você, pai.

Eu gosto muito de você. Sare logo, tá? Um beijão.

Sônia"

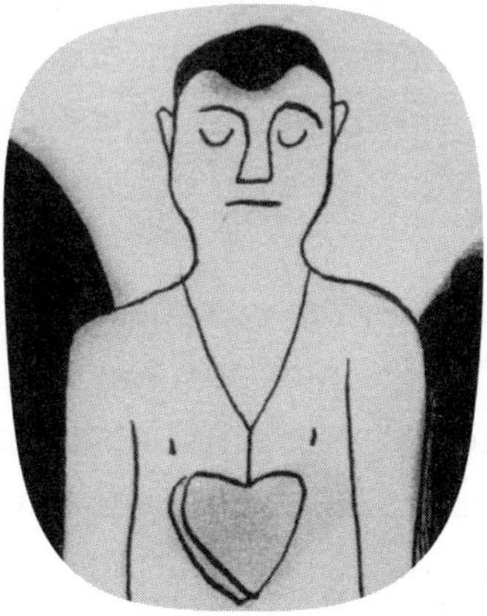

Marino apertou a cartinha da filha contra o peito. Seus olhos ficaram cheios de lágrimas. Violeta e Mercedes saíram do quarto. O marido enfermo precisava descansar.

No dia seguinte, Mercedes foi vê-lo. Ainda era madrugada. Acendeu a lamparina e se aproximou. Marino estava morto. Ainda apertava a cartinha da filha contra o peito.

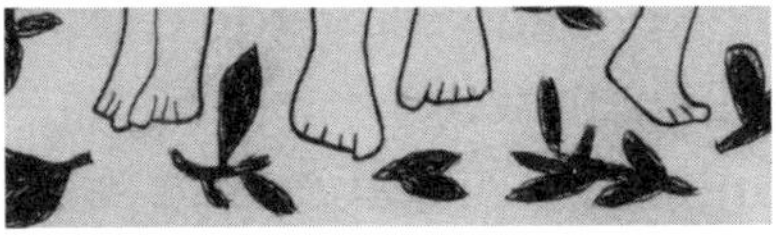

Temas transversais

Ética – Orientação Sexual

O comportamento ético entre as várias personagens pode ser apreciado nas relações entre Marino e Constantino, Marino e as duas esposas, Violeta e Mercedes, Marino e o delegado e policiais de Corumbataí.

Em grupo, discuta e avalie os procedimentos de Marino nas suas ações: como administrador na fazenda Sant'Ana, como proprietário do sítio que ele ampliou por sua conta própria, como negociante etc.

Analise o relacionamento de Marino com seus filhos.

Faça uma pesquisa sobre o tema bigamia dentro da legislação brasileira, recorrendo ao Código Civil e a algum advogado especializado.

Meio Ambiente – Trabalho – Pluralidade Cultural

O meio ambiente influi no modo de agir e no bem-estar dos cidadãos em qualquer comunidade. Marino com certeza viveu sob a influência dos costumes rurais, do trabalho com os animais e as plantações. Ao contato com a natureza, Marino aprendeu a cultivar e cuidar das plantas, a amar os pássaros, a dar o melhor para sua família. As duas esposas, Violeta e Mercedes, eram rudes, sem qualquer instrução, mas Marino as amava e tratava com extremo carinho os filhos. A fazenda Sant'Ana, onde havia vestígios da escravidão, poderia servir de inspiração para uma pesquisa dos alunos sobre a época da escravatura.

Escreva uma narrativa intitulada: Uma visita à fazenda Sant'Ana.

Violência Policial – Saúde

Marino sofreu as injustiças praticadas pelo delegado. Sua saúde ficou comprometida. Já desenganado, em seu leito, Marino ainda mostrou o amor às esposas e aos filhos.

Em grupo, avalie e discuta a violência praticada não raro contra cidadãos humildes.

Compare o comportamento do delegado com o de Constantino.

Silvino

A visita da polícia

Nos meados do mês de outubro, com as aulas já em andamento, a polícia principiou uma feroz caça a todos os elementos julgados subversivos ou revolucionários. Os estudantes não eram, como os de hoje, distanciados da política por descrença dos governantes. Universitários, secundaristas, alunos do cursinho participavam em grande número dos partidos, quer de esquerda quer de direita. Freqüentemente saíam às ruas, manifestando-se contra os que julgavam maus governantes. Não raro, caíam em exageros. Os militares, que haviam tomado o poder, seguiam vigilantes e buscavam coibir qualquer atividade subversiva. As arbitrariedades que às vezes se viam obrigados a cometer não eram denunciadas pela imprensa, em parte conivente, em parte amordaçada pela censura.

O alvo predileto das autoridades militares eram os intelectuais e os estudantes. Partiam do pressuposto de que as idéias contrárias ao regime autoritário nasciam daqueles grupos e por eles eram divulgadas. Daí passarem a agir contra algumas instituições de ensino, estabelecendo ali um rígido controle. Nem os cursinhos foram poupados. A bem da verdade, havia nos cursinhos professores que faziam proselitismo marxista e exerciam grande influência entre os estudantes que se preparavam para o ingresso na universidade. Mas eram raros. A maioria estava entregue às atividades docentes, nada mais.

Takara era um professor que falava muito pouco. Só nas aulas ou conversando com os alunos é que se expunha mais. Vivia pela Matemática e vibrava com os alunos que o admiravam. Morava num quarto na rua da Glória. Da vida particular dele, nada se dizia. Seu único amigo era o professor de Português, o Silvino, que passara a dividir o quarto com ele, quando se divorciou; a mulher e os dois filhos voltaram para Sorocaba e foram morar na casa dos avós maternos. Silvino, depois que voltou de uma peregrinação a Santiago de Compostela, havia-se tornado retraído, reservado. Mas anteriormente não tinha sido assim. Ao contrário, sua fama de exaltado, comunista convicto, é que o continuava marcando. Ninguém estava acreditando que ele mudara de comportamento. Muito menos a polícia. Os militares conheciam bem os dois amigos e os julgavam altamente perigosos. Como depois se descobriu, Takara escondia, por trás de seu comportamento irrepreensível, outra identidade.

Foi quando a polícia chegou e invadiu o cursinho. O comandante do pelotão policial, um tenente, colocou soldados em pontos estratégicos para que ninguém dali saísse. Entrou na secretaria e seqüestrou os arquivos com os nomes dos alunos e professores. O diretor, colaborando prontamente, fez tudo o que o tenente exigia. Foi conduzido à Delegacia onde prestou depoimento e procurou mostrar-se inocente e eximir sua instituição de qualquer envolvimento com idéias e partidos políticos.

Na verdade, a polícia estava atrás de alguns intelectuais julgados criminosos ou subversivos. Takara e Silvino entre eles. Naquele dia, os dois professores não haviam comparecido ao cursinho – fato que ocorria pela primeira vez. Talvez estivessem doentes – tentaram justificar os professores. A polícia deixou as dependências do cursinho convencida de que a ausência dos dois professores confirmava as suspeitas de que eram agitadores perigosos.

Takara e Silvino continuaram ausentes nos dias que se seguiram. Soube-se que os policiais invadiram o quarto de pensão onde eles moravam e colheram fortes indícios da atividade de ambos.

Entre surpresos e amedrontados, os professores comentavam os acontecimentos, aguardando notícias dos colegas.

O cursinho foi novamente invadido pelos policiais, sob o comando do mesmo tenente. Os professores da cadeira de Matemática foram presos e levados para interrogatório. Um deles, cuja família residia em Bauru, nunca mais voltou. Os demais retornaram, mas nenhuma palavra disseram sobre o que lhes acontecera na prisão.

Certa manhã, os jornais anunciaram novo episódio ligado aos professores do cursinho. Silvino, perseguido, havia resistido e alvejado o tenente. Evadira-se depois, sem deixar pistas. A esposa de Silvino nada sabia sobre as atividades do ex-marido. Pressionada, contou a vida deles quando eram namorados. Muito interessada nos amigos relacionados com ele, a polícia obteve com certeza muitas informações que incriminariam outras pessoas. O tenente veio a falecer e a polícia havia jurado vingar-se.

A vida no cursinho tornou-se bastante tumultuada. Muitos alunos abandonaram as aulas. Haviam sido fichados pela polícia e sentiam-se vigiados e ameaçados. Foram meses de angústia. Dos dois professores, só boatos. Não estariam juntos. Takara devia estar na própria cidade, na casa de algum amigo ou parente. Silvino estivera em Sorocaba e, com alguns companheiros de esquerda, havia formado um grupo que fugia em direção à fronteira com o Paraguai ou a Bolívia. Ele conhecia aquelas regiões. Se conseguisse alcançar o Pantanal, a polícia não o apanharia, comentavam os professores.

Os boatos foram confirmados por duas notícias sucessivas. Silvino e seu bando assaltaram um banco na cidade de Campo Grande. Os companheiros de Silvino foram mortos pelos soldados, mas Silvino escapara com o dinheiro roubado. Na cidade de Miranda comprou um barco a motor e sumiu pelo Pantanal. A polícia especializada estava ao encalço dele.

A outra notícia foi mais trágica. Um fusca havia explodido em plena avenida São João. Portava bombas, granadas e outras armas. Seu motorista, que ficara estraçalhado, chamava-se Takara, professor de matemática em um grande cursinho da capital. Segundo a versão policial, Takara fora vítima da própria atividade subversiva. O destino da bomba que transportava em seu fusca era um líder da guerrilha urbana. Os colegas de Takara não podiam acreditar na versão policial. O Takara que convivia com eles era pacífico, nada tinha que o aproximasse da figura de um elemento subversivo e perigoso.

Silvino não foi encontrado. Embrenhara-se mesmo no Pantanal, de acordo com a hipótese mais provável? Desviara-se para outro ponto do país? Ou já estaria no exterior?

Nada mais se apurou sobre o paradeiro de Silvino. Só alguns boatos, muito vagos, nos quais poucos punham fé. Estaria em Cuba ou na União Soviética. A esposa declarou certa vez a um repórter que tinha crença firme: seu ex-marido estava no Pantanal, pescando, como fazia todos os anos, e voltaria quando as autoridades resolvessem anistiar os chamados subversivos e tudo retornasse à rotina da vida pacífica. Era uma profecia que bem poderia realizar-se – opinava o jornalista.

A perseguição

O sol apenas começara a iluminar aquelas paragens, quando Silvino acordou. Saiu da cabana improvisada, escondida no meio de um paratudal, árvore típica da região pantaneira, numa depressão do terreno. Precisava aproveitar o momento para pescar. As barcas que transitavam pela outra margem do rio, num canal natural, ainda não haviam começado a rotina da navegação. Já estava ali há duas semanas, comendo peixes. Ninguém o tinha notado, exceto os coureiros que vinham matar jacarés e levar as peles para os lados da Bolívia. Os coureiros eram desconfiados e, com certeza, também o estranhavam.

Naquela época de repressão militar, andavam mais procurando comunistas e subversivos do que criminosos ou predadores do Pantanal. Silvino viera fugido de São Paulo. O dinheiro que ele roubara do banco em Campo Grande estava escondido, juntamente com o barco a motor, debaixo da vegetação espessa a cem metros. Não poderia, é claro, permanecer ali no corixo da Saracura por muito tempo. Mais dias menos dias, seria encontrado e morto. Aliás, começara a desconfiar de um dos coureiros, figura estranha, de riso hipócrita, que viera conversar com ele várias vezes. Não seria um agente da polícia infiltrado entre os caçadores de jacarés?

Resolveu pescar num remanso, onde, àquela hora, os pintados caçavam peixes miúdos que vinham do corixo.

A linha, lançada à distância, veio descendo a corrente, carregando a isca pelo fundo. Ali estavam os pintados. Silvino fitava as águas calmas do remanso. Por que abandonar a família? O que estariam fazendo os filhos?

Silvino visualizou, bem vivos na memória, o rosto sereno da esposa e as feições cheias de sonhos das crianças. Levado pelo ideal de vencer e ganhar dinheiro com as aulas do cursinho, ele passara a dedicar-se dia e noite às aulas, esquecendo a família... A mulher tinha toda razão em separar-se. A mente de Silvino agora se abria, compreendendo que colocara em segundo plano os entes mais queridos. Em lugar de estreitar os laços afetivos com a mulher e os filhos, ele dedicara seu tempo às atividades de rebeldia contra a opressão, contra o regime político-militar vigente...

De que lhe havia adiantado tudo o que fizera? Julgava ter seguido um ideal... Mas o que era e o que significava seguir um ideal? Apenas uma frase feita, palavras, um *slogan* vazio. Ali, na solidão daquele ermo, a frase lhe provocava angústia... Na realidade estava sozinho, sem perspectiva, sem rumo. Fugira, escondera-se. Não poderia mais voltar atrás. Fora riscado de qualquer convivência. Jamais poderia pensar em lecionar, em rever mulher e filhos. Os alunos, a vida agitada no cursinho, o sonho de ver os filhos crescendo, a vida confortável a que a mulher tinha direito – tudo estava sepultado. Silvino olhava a linha que pendia da vara de pescar. De seus olhos duros, de brilho agressivo, despontaram duas lágrimas que foram escorrendo pelo rosto. Silvino chorou. Para onde iria? Tinha amigos do lado da Bolívia, não seria difícil encontrá-los. E depois?

A ponta da vara abaixou, puxada por um pintado. Silvino fisgou e recolheu o peixe. Foi assá-lo. Ninguém estava por ali. Ele poderia acender o fogo. Foi o que fez. Mas, quando se preparava para comer o pintado, sentiu no ar algo estranho. Um silêncio suspeito. Silvino aguçou os ouvidos. Pareceu-lhe ouvir barulho de barco embicando pela folhagem da margem. Rápido, apagou o fogo, espalhou as cinzas e correu, esgueirando-se pelos arbustos, em direção ao esconderijo em que se encontravam o barco, o dinheiro roubado e as armas. Logo depois, a patrulha policial surgiu, fortemente armada, tendo à frente um guia com o mesmo blusão de couro dos caçadores de jacarés.

– É ali – falou o alcagüete, apontando para a cabana improvisada.

Ágeis, os soldados cercaram a cabana e abriram fogo cerrado. Descarregaram as armas e ficaram esperando.

Nenhuma resposta. Só o silêncio ainda cheio dos ecos da fuzilaria. Decepção. Ninguém. O coureiro mostrou que Silvino estivera ali há pouco: ainda havia cinzas quentes e o pintado no espeto. Furioso, o comandante do pelotão deu ordens aos soldados. que dessem uma batida pelos arredores.

Foi quando, de súbito, roncaram os motores de um barco que passou à toda, bem à frente deles, no meio do rio Paraguai. Era Silvino que, de arma em punho, os ameaçava. Sua canoa singrava veloz pela correnteza, em direção à embarcação dos policiais ancorada na margem. Então Silvino, mirando bem no tanque de gasolina do barco, atirou certeiro. Uma explosão sacudiu o ar e o barco da patrulha foi envolvido em chamas.

Ao longe, já sumindo na curva do rio, a canoa de Silvino desapareceu, rumando para a Bolívia.

O desfecho

Ainda sob o impacto da explosão do barco da polícia, Silvino procurou refletir sobre o que deveria fazer: arrancar-se rapidamente dali, esconder-se, planejar a última etapa da fuga. Os policiais não tardariam a reaparecer. Muitos barcos transitavam pelo rio, e os militares recrutariam qualquer deles. Não convinha ficar à vista dos que passavam pelo rio. Se o vissem, seria denunciado. Pelo rumo que tomara, em direção a Corumbá, tornava-se evidente que ele pretendia desembarcar e rumar para a Bolívia. Porto Suarez estava perto. Justamente por isso, pensou Silvino, aquele não era um bom caminho. Seria perseguido e morto, antes de chegar à fronteira.

Pouco antes de avistar Corumbá, Silvino dirigiu o barco para a margem esquerda, enfiando a canoa num ponto em que as plantas aquáticas cresciam abundantes, propícias a um esconderijo. Havia uma árvore cujos longos galhos se estendiam sobre o rio. Abrigo oportuno. Dali Silvino poderia observar bem o movimento das embarcações.

Não iria de modo algum para a Bolívia. Lembrou-se de que tinha alguns amigos em Albuquerque, especialmente Silvestre, envolvido como ele na organização da guerrilha. Silvestre o ajudaria. Mas para chegar lá, deveria passar bem à frente de Corumbá. Era como ir ao encontro dos policiais. Estariam atentos para a presença dos barcos que por ali transitassem. Além disso, ainda era cedo. Dez horas. Só à noite poderia tentar. Mesmo assim, qualquer embarcação seria notada, pois as luzes da cidade iluminavam também as águas do rio.

Silvino olhava as plantas aquáticas. Os pescadores conhecem bem aquelas plantas. Suas raízes não se agarram ao fundo do leito do rio. Flutuam livres, entrelaçadas umas às outras. Com o movimento das águas, blocos delas se deslocam e descem levados pela correnteza. São os camalotes, ilhas flutuantes que deslizam pelas águas. Até animais, como veados, capivaras e mesmo onças têm viajado nesses camalotes.

Três barcos passaram velozes pelo meio do rio. Silvino reconheceu: eram patrulheiros da polícia militar de Corumbá. Soldados de binóculos espiavam minuciosamente as margens. Silvino abaixou-se, aguardando. Pelo ronco dos motores, os barcos se foram afastando. Não suspeitaram da presença dele, sem dúvida. O cerco, porém, estava-se fechando. Era preciso encontrar um meio de sair dali, esconder-se melhor. Mas voltar com a canoa para o rio seria um suicídio.

Perplexo, Silvino notou que dois grandes camalotes, com o movimento das ondas provocadas pelas embarcações dos patrulheiros, desprenderam-se e foram flutuando.

Estava ali a solução, pensou Silvino. Escondido num camalote, talvez pudesse descer o rio até a casa de seu amigo em Albuquerque, alguns quilômetros depois de Corumbá. Esperaria o cair da noite. Abandonaria o barco sob a árvore, para dar a impressão de que estava ainda pelas vizinhanças. Escolheu um lote em que as plantas emergiam mais altas e, mergulhando, entrelaçou melhor as raízes para que formasse um bloco seguro. No meio colocou a bóia de sua canoa. O salva-vidas no corpo lhe permitiria flutuação. Cansado e faminto, Silvino encostou a cabeça numa das bordas da canoa e tentou cochilar. Aparentemente, não havia movimento suspeito no rio.

Quando o sol se foi pondo no horizonte, Silvino desprendeu com o facão o camalote e, manobrando com o remo da canoa por baixo das plantas, foi empurrando a improvisada embarcação para a corrente do rio. Ele, oculto no meio da ilha flutuante, não poderia ser visto.

Na guaiaca de couro estavam bem resguardados o dinheiro e as armas de fogo. Vagarosamente a princípio, depois ao sabor da correnteza, o camalote foi deslizando pelo rio. Viam-se, mais ou menos próximos, outros blocos flutuantes de plantas aquáticas. O rio parecia tranqüilo. Ao passar por Corumbá, Silvino, mais cauteloso, foi empurrando o camalote para a margem esquerda, menos iluminada que a direita. Do alto de um edifício, guardas espreitavam, dirigindo o foco de um farol em direção a vários pontos do rio. Quando o foco se projetou sobre o camalote, Silvino abaixou a cabeça sob as águas. Embora sua posição fosse desconfortável, Silvino agüentou como pôde. Não tinha ferimentos nas pernas e no peito, por isso as piranhas não o atacariam. Sentiu em várias ocasiões ferroadas e a presença de pequenos peixes, truviras e cascudos, habitantes naturais escondidos nas raízes dos camalotes. Temia que houvesse sanguessugas. Podia também ser picado por alguma arraia.

Depois de duas horas, Silvino reconheceu, já nas proximidades de Albuquerque, o barranco em que ficava a casa do amigo. Ajudado pela escuridão, encostou o camalote na margem. Não lhe foi difícil localizar o rancho humilde do velho companheiro de lutas. Bateu à porta e um rapaz moreno, de calção surrado, descalço, veio atendê-lo. Era Fernando, filho de Silvestre. Fernando ficou espantado ao ver Silvino e foi avisando que a polícia estava atrás dele. A rádio de Corumbá dera várias vezes a notícia, exigindo que a presença de Silvino fosse comunicada às autoridades. A esposa de Fernando também se mostrou assustada.

Silvino entendeu o que se passava. Teve certeza de que, apesar do bom acolhimento, Fernando procuraria a polícia para denunciá-lo. O que aquele humilde casal poderia fazer? Silvino interiormente compreendeu. Mas, antes que Fernando tomasse a iniciativa, era preciso achar uma saída.

A mulher falou que Silvestre havia sido morto há um mês, como suspeito de subversão. Fernando contou também que seu pai, depois de morto, fora sangrado e jogado às piranhas para que desaparecesse. Era o costume naquela região. Os matadores agiam assim para dar sumiço no corpo.

Silvino mostrou a guaiaca com o grande volume de dinheiro e propôs comprar uma canoa. Fernando e a mulher, que viviam miseravelmente, arregalaram os olhos.

– Quanto vale sua canoa? – perguntou Silvino.

– Quatrocentos – respondeu o rapaz exagerado.

– Aqui está! – falou Silvino.

Fernando lamentou que o motor fosse fraco, quinze cavalos. Gasolina ele tinha, inclusive mais um tambor de vinte litros, cheio.

Silvino estava certo de que, fechado o negócio, Fernando iria denunciá-lo à polícia de Corumbá. Então procurou deixar pistas falsas sobre seu projeto de fuga.

– Pretendo descer o rio e subir o Miranda, amanhã cedo. Volto para Campo Grande.

Enquanto a mulher fritava uns ovos, o marido saiu para o quintal. Silvino percebeu a intenção: na estrada próxima havia um posto policial – confirmou a mulher.

Silvino comeu às pressas e subiu na canoa, tentando acionar o pequeno e enferrujado motor. Estava escuro. Hora favorável para Silvino continuar a fuga. Para onde? A alguns quilômetros dali passava a estrada de ferro. Se ele pudesse embarcar no trem, em breve estaria na Bolívia. Seria arriscado. Mas era sua última saída. Continuar pelo rio seria morte certa: depois da ponte da estrada de ferro, havia o forte Coimbra, situado a cavaleiro do rio, com um aparatoso esquema de segurança militar. Se ele passasse por lá, seria fuzilado. Aturdido com seus pensamentos desencontrados, Silvino sentiu-se impotente. Silvestre, sua última esperança, estava morto. Por que a lembrança do apito do velho trem pantaneiro o emocionava tanto? Silvino cantou baixinho a conhecida música:

"Enquanto esse velho trem
atravessa o Pantanal,
as estrelas do Cruzeiro
fazem um sinal
de que esse é o melhor caminho
pra quem é como eu,
mais um fugitivo da guerra..."

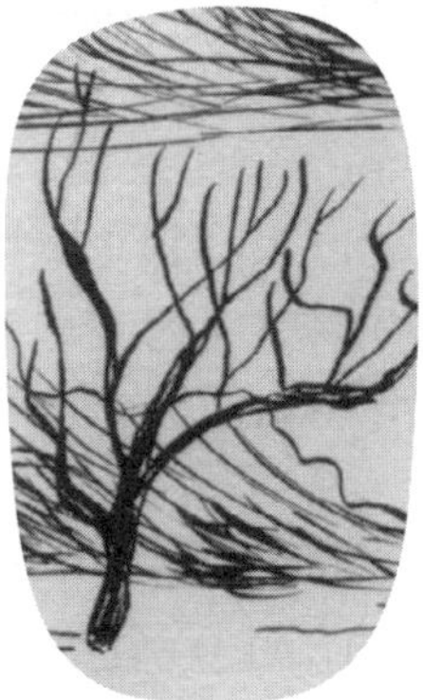

A canção foi interrompida por uma rajada de metralhadora. Silvino tombou sobre o motor do barco. Dois soldados se aproximaram, um deles de facão na mão. E Silvino teve o mesmo fim do amigo Silvestre.

Temas transversais

Ética

Há indivíduos, na sociedade, que se deixam empolgar por idéias revolucionárias que a sociedade julga não apenas utópicas, mas também prejudiciais. Freqüentemente essas pessoas são perseguidas pelas autoridades, especialmente quando praticam atos condenados ou mesmo criminosos. Silvino, um professor, envolvera-se em atividades políticas e de rebeldia contra o regime militar vigente. Perseguido, fugiu, sendo levado pelas circunstâncias a cometer crimes e a roubar. Abandonando a família, estava no Pantanal procurando fugir para a Bolívia. Tinha que viver escondido. Desconfiava dos coureiros. E realmente entre eles havia um agente que acabou por denunciá-lo. Seu encontro com os policiais foi violento. Não pôde receber ajuda do filho do Silvestre. E terminou tragicamente.

Em grupo, os alunos podem fazer uma análise do comportamento de Silvino.

Pluralidade Cultural

Há muitos grupos que constituem a sociedade. Os revolucionários extremistas não tenderiam a ignorar as diferenças culturais, étnicas ou religiosas daqueles grupos?

Silvino pretendia implantar uma revolução diferente da imposta pelo regime militar; os militares, por sua vez, tinham outras idéias. Se houvesse diálogo entre os que têm opiniões tão divergentes, talvez houvesse solução. Mas o idealismo revolucionário e a força dos regimes totalitários não têm disponibilidade alguma para o diálogo. Não existe mais o ideal democrático de uma cultura de paz, baseada na tolerância, no respeito aos direitos humanos.

Qual a solução?

Meio Ambiente

Silvino saíra da cidade onde vivia no meio dos estudantes que se preparavam para o ingresso na universidade. Intelectual, muito aprendera ele sobre o comportamento político dos cidadãos no regime democrático. No meio urbano também teve ensejo de observar e sentir a política do regime militar repressivo. No Pantanal, defrontou-se com outro ambiente, com pessoas de grupos sociais diferentes: pescadores, caçadores de jacarés, moradores humildes da beira do rio. Apesar de Silvino conhecer bem a região, sua fauna e flora, viveu isolado. Perseguido, reagiu, mas acabou morto pela polícia.

Silvino havia adotado um ideal que o colocava contra o meio em que vivia. Se você estivesse no lugar de Silvino, o que faria?

Os Dois Mafiosos

Chegaram num belo carro e se instalaram no Hotel Central, em frente ao jardim. Apresentaram-se como representantes de firmas comerciais de São Paulo. Vendiam tecidos. Todos os viajantes que paravam na cidade costumavam hospedar-se no hotel. Assim, não havia qualquer motivo para desconfiar de Armando e Dino, os dois viajantes.

Haviam chegado há pouco da Itália. Falavam razoavelmente o português, mas entre si trocavam idéias no dialeto veneziano. No hotel estavam hospedados vários professores do colégio estadual. Eram solteiros e achavam mais prático e econômico alojarem-se ali. Foram as primeiras pessoas que os dois italianos conheceram. Fizeram logo amizade com eles.

Armando e Dino saíam com seu automóvel da cidade todos os dias pela manhã e só voltavam à tarde.

Explicavam aos outros hóspedes que faziam negócios com todos os comerciantes da cidade e dos distritos. Depois do jantar, costumavam passear pelo jardim em companhia dos professores. Aquele passeio era habitual na cidade; um costume interiorano que dava resultados. Namoro, fofocas, sobretudo muita convivência. As moças circulavam de um lado e, em sentido contrário, os rapazes. Todos conheciam a todos. Os casamentos nasciam quase sempre daqueles passeios. Armando e Dino, por serem estrangeiros, atraíram a curiosidade de muitas garotas. Eram de meia idade, mas isso não impediu que a moças os cobiçassem. Os dois tinham muita lábia e, em breve, arranjaram amantes, duas irmãs, Diadora e Vilma, que viram naqueles dois italianos uma solução para o casamento. Já estavam com quase trinta anos; se não aproveitassem a ocasião, ficariam solteiras.

Foi assim que Armando e Dino começaram seu negócio na região do Noroeste. Tinham planos ambiciosos que mantinham em segredo. Ninguém desconfiaria de nada. Eram apenas dois vendedores de tecidos. No hotel pagavam pontualmente suas contas no fim do mês, e o dono do hotel estava satisfeito com eles.

As duas irmãs foram rapidamente "trabalhadas" para a vida planejada pelos amantes. E alguns meses depois estavam preparadas para assumir a chefia de duas casas de prostituição, uma em Lins, outra em Bauru. Armando orientou Diadora em Lins. Dino levou Vilma para Bauru e lá montou um motel. Para Armando e Dino era fácil encontrar mulheres, bem mais numerosas que os homens na região. Depois, uma dava as dicas para a outra;

havia até mais candidatas do que vagas... Os dois italianos orientaram as cafetinas. No mais, estavam à vontade, pois os motéis funcionavam livremente. Os policiais também os freqüentavam.

Em Pirajuí, onde estavam hospedados, ninguém desconfiava ainda dos planos de Armando e seu parceiro. Eles trocavam idéias ali mesmo no hotel. Às vezes discutiam em voz alta. Foi numa dessas ocasiões que um dos professores, que falava italiano, tomou conhecimento do que os dois estrangeiros tencionavam fazer na região. Mas nada disse, aguardando os acontecimentos.

Com o auxílio de Vilma, Dino recrutou mais duas cafetinas para os novos motéis, um em Araçatuba, outro em Birigüi. A rede de motéis programada por Armando e Dino estava montada. E só podia aumentar, graças à experiência dos dois. O lucro era garantido e crescia cada vez mais. As cafetinas mandavam a arrecadação corretamente.

Daí em diante, o plano era a distribuição de drogas. As cafetinas já eram usuárias e sabiam calcular bem o lucro que teriam com o tráfico em seus motéis. Mensalmente, passava pelo hotel outro estrangeiro, Genaro. Ele é que distribuía a droga. Ninguém poderia desconfiar dele, pois, mesmo quando aparecia na cidade, alojava-se em outro lugar, nunca no hotel. Genaro fornecia ainda, aos motéis, filmes pornográficos e farto material de estímulo sexual.

Foi nessa altura que o professor, que estava de olho nos dois hóspedes, fez sua primeira interferência. Convidou os dois para uma conversa e revelou que sabia dos planos deles. Armando e Dino procuraram esconder seu espanto diante daquela revelação, mas perceberam o perigo que poderiam correr se aquele professor fosse denunciá-los à polícia. Conversaram amigavelmente, prometendo até estudar uma participação do professor no negócio. Mas ele devia manter segredo até resolverem como seria sua participação.

– Esse professor vai estragar tudo – falou Armando.

– Precisa ser "apagado". Vamos esperar o momento certo – acrescentou Dino.

Na semana seguinte, os dois italianos despediram-se dos hóspedes do hotel. Estavam de partida para a Itália – justificaram. Mas foram morar num outro hotel, em Campo Grande, no Mato Grosso do Sul.

Em Campo Grande, Armando e Dino compraram uma fazenda coberta de mata, onde havia madeira de lei. Pretendiam criar gado.

A propriedade ficava na fronteira com a Bolívia, na margem do rio Paraguai. Dali para diante – insistiu Dino – era preciso consolidar a rede de motéis e a venda de drogas.

Um agente da máfia italiana veio visitar Armando e Dino. Era um sujeito de modos rudes que, depois de examinar todas as atividades dos dois, estabeleceu os novos planos. Ocupava um alto posto na Máfia e tinha a palavra de ordem. Foi seco e categórico.

– Dino deve morar numa fazenda que compramos no Paraguai. Depois de casar-se no civil e no religioso com aquela amante, levará vida social pacata, para evitar suspeitas. Pelos serviços prestados, subiu de posto na organização. É o chefe, nesta região. Armando volta para a Itália. Lá ele tem a mulher e dois filhos. A amante que ele arranjou aqui vai com ele e lá daremos um sumiço nela. Quem mexe com droga é somente o Genaro, ninguém mais. Genaro vai pilotar um avião que está em nome dele. O avião se encontra na fazenda do Dino. A organização confia em vocês. Dino deve lavar o dinheiro das drogas, mexendo com gado, terras e madeira. Muito dinheiro. Não viajem pela região dos motéis, a não ser em caso de muita urgência. Agora há outro agente lá. E fazendo um gesto típico de uma degola:

– Nenhum erro. Quem trair, já sabe... Outros planos virão depois. Agora devemos firmar bem o que já foi implantado.

E, como se lembrasse de mais alguma coisa:

– No relatório, o Dino mencionou um professor que conhece alguma coisa do que foi feito. Já sabem: deve ser eliminado.

Antes de embarcar para a Itália, Diadora teve autorização para despedir-se da irmã. Encontraram-se em um hotel em Araçatuba. Uma sabia muito pouco do destino da outra. Vilma estava a par da viagem que a irmã faria à Itália e que lá casaria com Armando; voltaria depois de algum tempo ao Brasil. Diadora também havia sido informada que Vilma deixaria o motel e se casaria com Dino no Paraguai.

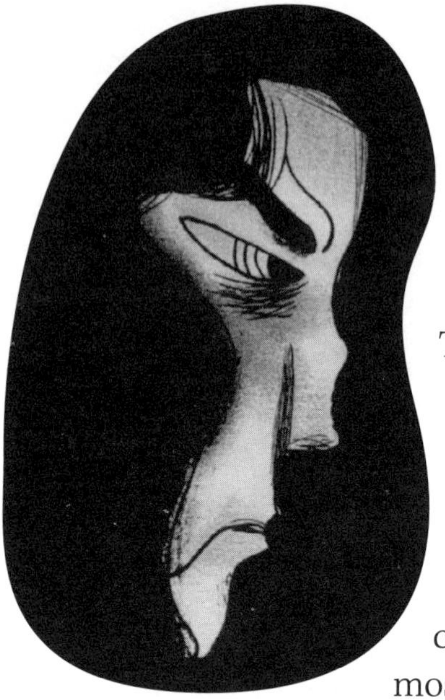

– Nunca pensei que fôssemos realizar os velhos sonhos. Você no Paraguai e eu na Itália.

– E ricas...

– O Armando me adora. Tem falado muito de Veneza, a cidade famosa construída dentro do mar... Estou grávida, mas meu filho vai nascer na Itália, terra do pai dele.

– Eu também estou feliz com o Dino. Depois de casarmos no civil e na igreja, vou tentar uma gravidez. Desejo ter uma filha...

– Vai ser bonita como a mãe – elogiou Diadora.

A irmã sorriu agradecida. Depois, por alguns momentos ficou quieta, pensativa.

– O que será que o Dino vai fazer no Paraguai? Ele não pode falar, e eu também não pergunto.

– Com o Armando, não. Ele é muito franco. Diz que faz negócios com tecido, com compra e venda de terras. Na Itália ele irá trabalhar num escritório, numa cidade chamada Palermo. Eu não gosto é desse tal Genaro, que me obrigou o tempo todo a vender droga. Detesto o cara, mas o Armando me falou que Genaro é importante, que pode até apagar quem ele quiser...

– Sinto o mesmo, mana. Mas acho que ainda vou ter de encontrar esse Genaro no Paraguai...

Foi o último encontro entre as duas irmãs.

Na Itália, Armando voltou a morar com sua legítima mulher e os dois filhos. Diadora nem sequer chegou à Itália.

Dino estava preocupado com um problema que ainda devia resolver: o professor de Pirajuí que conhecia alguns segredos da organização.

Quando soube que os policiais haviam visitado os motéis à procura dele, de Armando e das duas cafetinas Diadora e Vilma, percebeu que o professor havia revelado o que sabia à polícia. Sua responsabilidade no caso era grande: o chefão da máfia não o perdoaria, se deixasse o problema sem solução. Podia contratar pistoleiros para eliminar o professor, mas preferiu agir pessoalmente. O hotel Central lhe era familiar, e ele conhecia bem os hábitos do professor. Disfarçou-se com uma peruca, uma barba diferente da que usava e viajou a Pirajuí. Chegou de madrugada, entrou sem ser notado no hotel e foi ao quarto do professor. O serviço foi fácil: seu revólver tinha silenciador e o professor dormia a sono solto. Desfechou-lhe um tiro na cabeça e saiu como entrara.

Dois dias depois, o jornal da cidade noticiou o assassinato do professor. Um misterioso crime – comentava o periódico – que devia ter alguma ligação com a participação de criminosos estrangeiros que atuavam na região. Era, entretanto, uma simples hipótese do delegado.

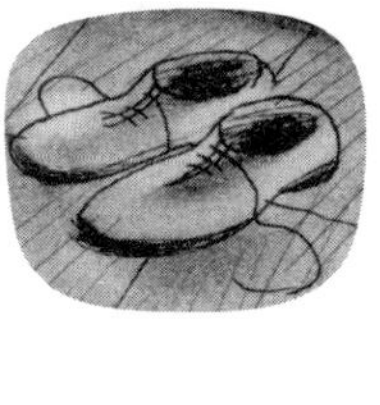

Temas transversais

Ética

Os criminosos que pertencem a organizações como a máfia, não têm princípios éticos: a justiça é a que lhes convém, a solidariedade é a praticada entre eles para a participação nos delitos que planejam em conjunto, o respeito ao próximo só existe quando ajuda os planos criminosos. O diálogo se dá entre os chefes do bando e seus comandados na medida certa para êxito de seus negócios... Os chefes mandam arbitrariamente e os subordinados devem obedecer sob pena de severas punições. O crime, entre os mafiosos, é um instrumento por eles justificado para conseguir seus objetivos.

Os alunos devem promover um debate sobre o crime organizado e como combatê-lo.

Meio Ambiente – Pluralidade Cultural

Os mafiosos agem contra a sociedade, buscando desestruturá-la para dominar, praticando crimes e negócios escusos. Rodeiam-se os mafiosos de comparsas de baixo nível moral. Encontram sempre seus recrutas entre os mais variados grupos sociais, pois sempre há em todos os grupos pessoas desonestas, ladrões e comércio de drogas, jogatinas, prostituição, lavagem de dinheiro etc. Os chefes desses grupos marginais encontram seus agentes em todas as camadas sociais. A narrativa revela, embora em pequena parte, esse comportamento.

Como os mafiosos não têm ética, agem sem escrúpulos em várias camadas sociais, enganando as pessoas, transformando-as em agentes de seus crimes. Faça uma apreciação crítica.

Prostituição e Drogas

Os alunos, a propósito das duas irmãs Diadora e Vilma, poderiam discutir sobre o comportamento delas. Desejosas de encontrar marido, submeteram-se a Armando e Dino. Tornaram-se instrumento de prostituição e intermediárias no tráfico de drogas... Agiram ingenuamente ou corromperam-se pela degração dos costumes? Participaram conscientemente ou foram obrigadas a colaborar e obedecer? Também a figura do mafioso Genaro poderia ser tema de uma avaliação dos alunos em grupo.

Quais as causas da prostituição? Por que as drogas são procuradas e consumidas?

Peripécias de um Candidato

Até ali contentara-se em lecionar na tradicional escola pública da pequena cidade. Mas a visita do candidato a governador mudou tudo. Aquele candidato se tornara famoso por seus discursos inflamados contra o partido tradicional, o PSD, liderado por Ademar de Barros, nome de grande prestígio no interior do Estado. O prefeito da cidade era ademarista. Marciano, o jovem professor da escola pública, era conhecido pela oposição que fazia ao ademarismo. Não que fosse político, propriamente. Ele se rebelava porque em sua escola tudo o que se fazia devia passar pela aprovação do prefeito. Este é que preenchia os cargos na escola com seus parentes e cupinchas.

Preparando a chegada do novo candidato a governador, estiveram na cidade os assessores à procura de eventuais simpatizantes do partido, recrutando-os para

VOTE

formarem ali um núcleo que se encarregasse de promover o nome do candidato. Marciano foi escolhido. Tinha fama de bom orador.

De fato, o jovem professor estreou como tribuno popular no comício de apresentação daquele candidato radicalmente contrário ao partido de Ademar de Barros. Fez um discurso violento, agressivo, denunciando a corrupção que grassava na prefeitura, revelando à população a nociva intromissão política no ensino e na educação. Naquela pequena cidade de costumes pacatos, nunca haviam escutado alguém com tanta ousadia contra os tradicionais caciques políticos que mandavam e desmandavam na região. Marciano ficou famoso. Chamavam-no de "professor de saco roxo". No ano seguinte haveria eleições municipais. Marciano já estava consagrado como candidato.

Embora por pequena diferença de votos, o adversário de Ademar de Barros foi eleito governador. Logo em seguida, o partido vencedor tratou de preparar a campanha à prefeitura. Marciano, o candidato natural, percebeu logo que as eleições municipais eram bem diferenciadas das estaduais. A adesão dos eleitores à campanha municipal era uma questão de interesses pessoais, de favores e regalias individuais, de emprego público. As pessoas rodeavam o candidato que mais prometia aqueles favores e oportunidades. Isso esfriou bastante o ânimo do professor. Mas não podia voltar atrás, e continuou com entusiasmo, embora já sem grande convicção.

Seu partido não possuía recursos suficientes para a campanha. O dinheiro que conseguiam arrecadar era justamente dos que desejavam compensações futuras, especialmente empregos na administração municipal. Era um investimento que faziam, acreditando na popularidade conquistada por Marciano e, assim, no sucesso de sua eleição. O professor, que se havia metido naquela aventura por idealismo, não sentia atração pelo cargo de prefeito. Seu plano era, eleito ou não, mudar-se para São Paulo, prosseguindo em sua carreira de professor e escritor. A ninguém revelava o que tinha em mente. Dera sua palavra e devia mostrar empenho, como convinha a um líder. Na verdade, seguia os planos de seus auxiliares, visitando os bairros da cidade, os vários distritos da zona rural. O primeiro comício foi feito na periferia da cidade, num bar mal-freqüentado na zona do meretrício. Marciano subiu em uma das mesas do bar e fez seu discurso. Deu resultado. Percorreu depois outros bairros, sempre com o mesmo gesto extravagante, conforme a orientação de sua equipe de assessores. Fez palestras no Rotary Clube, na praça da Matriz, no campo de futebol. Na zona urbana saiu-se muito bem. Mas o eleitorado mais numeroso estava na zona rural, nos vários distritos em que se dividia o município:

Balbinos, Uru, Estiva, Corredeira etc. Para Marciano foi uma experiência nova, cheia de surpresas.

Os cabos eleitorais do partido insistiram para que o candidato fosse visitar o distrito de Corredeira. Lugar miserável, com poucas casas ao redor de um terreno poeirento. Havia lá – argumentavam os assessores – muitos eleitores que mereciam uma visita e um comício. Inclusive o comitê do partido havia instalado um pequeno posto de propaganda. O posto ficava numa casa pertencente ao dono de um bar, o único do distrito. Querino, o dono do bar, tinha prestígio junto à caboclada que ia beber cerveja lá. Muitos não pagavam e, assim, ficavam devendo favores a Querino.

Marciano, que era professor de Português, ficou realmente embasbacado diante da fala de Querino. O homem falava, falava, mas não completava frase nenhuma. Não dizia coisa com coisa. Era impossível saber o que ele tinha na cabeça:

– A pois, mecê, é o dr. Marciano. Já ouvi muito aqui não é que os outros, sabe como é, eles vêm... uma cervejinha... tão aí esses cartais... o seu logo tá aí... todos vem aqui, me conhecem... na minha posição, todos entram aqui... estamos juntos mas sabe como é... Todos meus amigos... Sou negociante... veja a casa que aluguei, ninguém sabe que é minha, não pode né? Voceis tão bem aqui na Corredeira.

O professor achou curiosa e inédita aquela linguagem propositadamente enrolada para dizer alguma coisa e desdizê-la ao mesmo tempo. O curioso era que enquanto as palavras eram arrevesadas e dúbias, na fisionomia de Querino se sucediam trejeitos de supostas amizade e simpatia. O candidato concluiu que aquele caboclo era muito esperto. Queria manter bom relacionamento com gregos e troianos, para não se prejudicar. De bobo Querino não tinha nada. Os cabos eleitorais informaram que ele alugara ao partido a casa do posto de propaganda com a condição de receber um aluguel a cada dez dias. E, no décimo dia, Querino não se esquecia de cobrar... Aliás, nem a cerveja que Marciano e os cabos eleitorais haviam consumido deixou de graça. Quando o professor falou em acertar as contas daquela despesa, esperava que o caboclo lhe dissesse que não era nada. Mas Querino lhe entregou um papelzinho em que mencionava as despesas feitas. Marciano ficou sabendo também que a garota que tomava conta do posto de propaganda era parente de Querino. Ele é que a contratara em nome do partido. Também o adversário tinha uma casa alugada em Corredeira. Era de Querino e a mocinha que tomava conta também era parente dele. Durante a campanha, Querino recebeu um bom dinheiro do adversário e fez campanha contra Marciano. Ali na Corredeira, todos os votos apurados foram do partido ademarista. Marciano não teve um só voto.

Teresinha, uma ex-namorada do professor, procurou os cabos eleitorais e se disse disposta a ajudar na campanha. Ela era fã do professor e tudo faria pela sua eleição. Aqui no Uru – disse ela – teremos muitos votos. Na verdade, Teresinha ficara com ódio de Marciano, depois que este arranjou outra namorada. Seu plano era vingar-se.

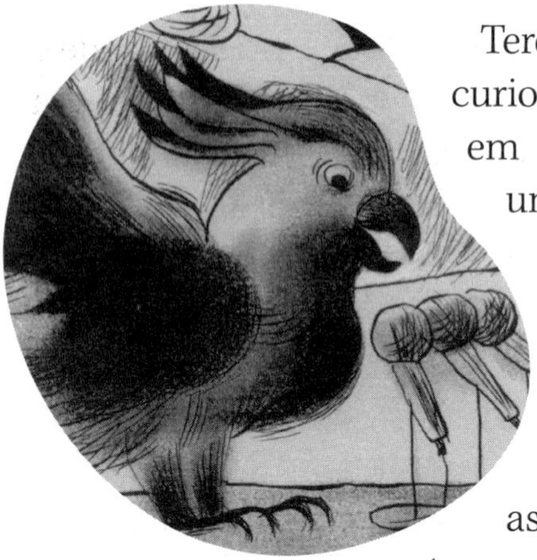

Teresinha tinha um papagaio curioso. Vivia em seu quintal, em um poleiro próximo de uma janela do prédio vizinho, gabinete do subprefeito. Ali se reuniam os políticos e faziam seus discursos. Por aquela janela, o papagaio escutava as freqüentes arengas. Captava confusamente a cadeia de sons altos ou baixos formada pela seqüência das frases empoladas e grandiloqüentes. Quando os discursos começavam, o papagaio acompanhava o orador com aquela grotesca imitação, o subprefeito mandava fechar a janela e o papagaio se aquietava. Teresinha já havia recebido várias ameaças do delegado, intimando-a a desfazer-se do incômodo imitador. Agora, movida pelo desejo de vingar-se do ex-namorado, imaginou um modo de ridicularizá-lo com a ajuda do papagaio.

O comício estava programado para a tarde daquele dia, no largo da matriz, debaixo da esgalhada figueira. Lá é que todos os políticos discursavam nos comícios. Teresinha contratou um eletricista e armou vários microfones num dos galhos da figueira, logo acima do palanque em que o orador ia falar. Os microfones ficavam ao redor de uma gaiola. Pouco antes da chegada dos oradores, Teresinha mandou colocar o papagaio na gaiola. Sem saber da presença da ave, o povo aguardava o comício.

Quando o ex-namorado começou o discurso, Teresinha ligou os microfones. Não demorou, o papagaio começou, a seu modo, a repetir o discurso. O orador falava uma frase, o papagaio repetia. O orador falava outra frase, o papagaio repetia. O candidato ficou inquieto. Olhou para um lado, para outro, a ver se descobria quem era o brincalhão que estava atrapalhando seu discurso. O povo começou a rir. O papagaio não parava. A zoeira da fala do papagaio era ampliada pelos alto-falantes e ficava até mais alta e destacada que a do orador. Era impossível continuar. As risadas do povo se espalharam. Enraivecido, pediu aos cabos eleitorais que retirassem o intruso da árvore. Um deles tentou subir, mas o tronco da paineira era espinhento e grosso demais. Foi então buscar uma escada. Mas nessa altura o comício se havia transformado numa palhaçada de circo. Todos riam e

gesticulavam, numa caçoada infernal. Da janela de sua casa, Teresinha ria e acenava para o ex-namorado.

A visita ao distrito de Balbinos foi mais movimentada. Os assessores avisaram que o adversário havia feito um grande comício lá, e o desafiara a aparecer naquele seu reduto. Sairia escorraçado. Marciano recebeu um revólver e o colocou na cinta.

– O pessoal em Balbinos é esquentado. Pode sair tiro. Deixe o revólver de prontidão. Nós vamos espalhar que você anda armado; assim ficarão mais distantes.

O professor não se amedrontou. Confiava muito em sua oratória, e iria acalmar os mais exaltados com seu discurso de paz. Foi o que fez. Principiou dizendo que não acreditava nos falsos boatos, pois conhecia bem muitas pessoas de Balbinos. Eram todos boa gente, acolhedora, hospitaleira. Vários eram seus amigos etc., etc. Com isso, conseguiu falar, embora a caboclada ficasse à distância. Não houve nenhum tumulto.

Depois do comício, haveria um baile num casarão perto da estrada. Marciano e dois assessores resolveram ficar e participar da festança. Muitos homens e poucas moças... Estas não se acanhavam em deixar "plantados" a maioria dos que procuram convidá-las para dançar. Escolhiam quem lhes agradasse mais. As garotas estavam de olho no candidato e em seus dois assessores. Os três eram de fora, com certeza ricos – pensavam as moças já de olho em um casamento... Os rapazes do lugar começaram a ficar inquietos, olhando ameaçadores, conversando entre si como a combinar alguma agressão aos três intrusos. Marciano já havia dançado várias vezes com Sidnéia, uma fascinante morena, com certeza a mais bonita do baile. Um caboclo, grandalhão, de olho naquela morena, procurava encarar o candidato...

– O ambiente não está nada bom – disse um dos auxiliares. – Vamos dar o fora, que é melhor. – Somos três contra quarenta.

Depois de falar assim, o ajudante foi saindo. O segundo assessor cochichou:

– Vamos até o banheiro, para ninguém desconfiar que fugimos. Lá há uma janela.

Marciano e o companheiro pularam a janela e, esgueirando-se pela escuridão, chegaram ao carro. Nem bem acionaram o motor, ouviram vários disparos na direção deles.

Temas transversais

Ética

De que modo os políticos se relacionam com os demais cidadãos, seus eventuais eleitores? E os cidadãos que se aproximam dos políticos à véspera das eleições, o que esperam deles? Se nesse relacionamento se revelassem comportamentos sadios e bem-intencionados, concluiríamos que políticos e eleitores teriam conduta ética exemplar. Pelo comportamento das personagens da história, qual seria sua opinião?

Em grupo, discuta o comportamento curioso e a linguagem de Querino.

Pluridade Cultural – Meio Ambiente

Diante de uma platéia formada por ouvintes de níveis culturais diferentes, o político orador, para fazer-se entender e obter sucesso com seu discurso, deve levar em conta a heterogeneidade das pessoas que o escutam. O nível da linguagem, os conceitos morais emitidos, a antecipação de soluções para os problemas das comunidades, tudo precisa ser pesado e medido, a fim de que venham as palmas e... os votos. Como o texto esclarece, o professor candidato a prefeito logo percebeu que os eleitores eram interesseiros e viam nas eleições um meio para arranjar emprego público. Afinal, viviam em lugares pobres, sem recursos... Além disso, nem sempre os candidatos recebiam o tratamento amigável que esperavam... O jovem professor, estreante na política, teve de enfrentar duas situações embaraçosas: a cômica vingança da ex-namorada no episódio do papagaio falante e a hostilidade dos rapazes enciumados de Balbinos.

Em cada distrito visitado pelo político, encontrou pessoas diferentes. Faça uma apreciação crítica.

A Demogogia dos Políticos

Por demagogia entendemos o conjunto de processos políticos hábeis tendentes a captar e utilizar, com objetivos menos lícitos, a excitação das paixões populares. O político faz promessas de todo tipo, acena com soluções para todos os problemas, fala no bem-estar de cada um etc., etc. Suas palavras cheias de sentimentos excitam o lado emocional da multidão. Ele se põe como um salvador, um pai, um amigo... Seria muito importante que os alunos, em grupo, avaliassem a demagogia dos políticos à véspera das eleições, discutindo o que é divulgado pelos jornais, pelo rádio e especialmente pela televisão.

Escreva uma redação sobre o tema: As promessas dos políticos à véspera das eleições.

Pedagogia de Cursinho

As aulas de História Geral eram dadas num pequeno prédio de dois pavimentos que hoje não existe mais.

O professor de História Geral era o preferido dos alunos da turma A1, uma platéia de duzentos alunos espremidos em carteiras, dispostos militarmente em filas compactas. Além de conhecer e explicar bem a matéria, ele brincava, pulando de um lado para outro, cantava, contava piadas e fazia fofocas. Os alunos correspondiam com entusiasmo, rindo, gritando, mandando-lhe bilhetes satíricos. Tudo previsto na pedagogia do cursinho.

Certa vez, ele estava falando sobre a Segunda Grande Guerra Mundial. De repente parou e pôs-se a imitar Hitler, num português de alemão e marchando vigorosamente no estilo dos nazistas. A platéia explodiu em gar-

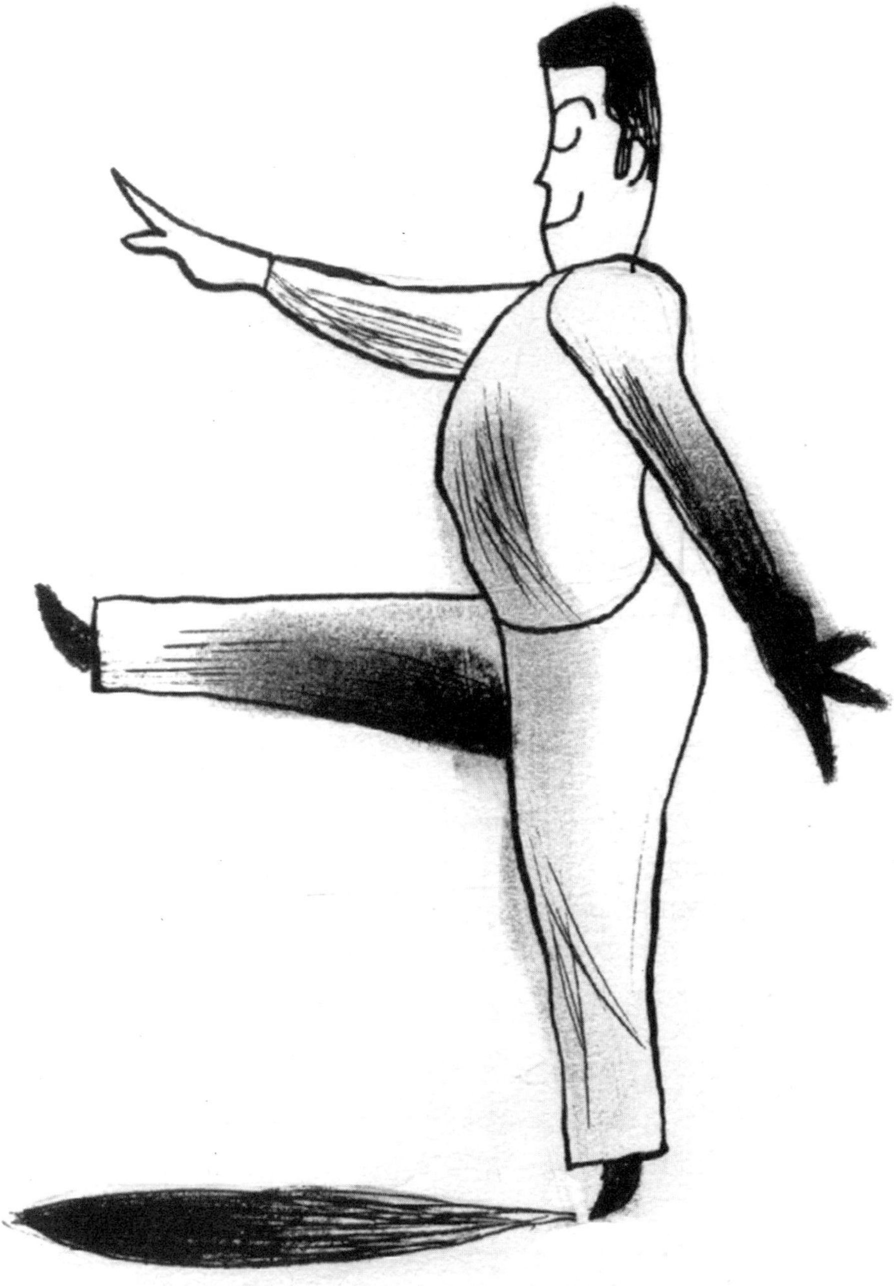

galhadas. Estimulado, o professor exagerou no passo de ganso e caiu sobre algumas carteiras das primeiras filas. Foi a conta. A garotada começou a assobiar, a vaiar, a batucar, batendo ritmadamente os pés no chão.

Ao invés de desistir, o professor continuou com mais entusiasmo ainda, desta vez – conforme explicou – como Hitler após a queda, todo engessado... Os golpes dos pés no assoalho aumentaram de intensidade, numa cadência de estrondos... O volumoso som contagiou a todos e, numa competição irracional, cada um calcava com mais força os pés.

Até que ocorreu o inesperado: a parte central do assoalho da sala começou a ceder, talvez devido ao fato de as batidas terem entrado em ressonância com o movimento do piso já meio podre. Apavorados, os alunos correram desordenadamente para as portas, quase derrubando-as. Na sala abaixo, o forro começou a soltar-se, as lâmpadas fluorescentes se desprenderam dos suportes, os circuladores de ar-condicionado vieram abaixo, arrastando consigo pedaços da estrutura rachada. Finalmente, os condutores elétricos entraram em curto, ateando fogo por toda parte. O prédio foi literalmente destruído... Nunca mais os vestibulandos esquecerão a lição de História sobre o nazismo.

Temas transversais

ÉTICA

Na escola, a preocupação com a Ética é fundamental. Os professores e seus alunos discutem com freqüência os grandes temas que compõem o comportamento humano no grupo social: o respeito mútuo, as boas maneiras, a justiça, a solidariedade. Afinal, o objetivo dos professores é discutir com os alunos, no convívio escolar, os valores que irão nortear os futuros cidadãos na vida dentro do regime democrático. Levados pelo desejo de promover o cursinho e manter o próprio emprego, alguns de seus professores, em vez de aulas e diálogo construtivos com os alunos, assumem posturas teatrais que nem sempre condizem com a correta pedagogia.

Compare a postura de dois professores. Um demasiadamente sério, o outro de comportamento extrovertido.

MEIO AMBIENTE – PLURALIDADE CULTURAL

Os candidatos que procuram os cursinhos à véspera dos exames vestibulares são da mais variada procedência e possuem níveis diversos de cultura. Na sala de aula, geralmente com mais de cento e cinqüenta alunos, a disciplina tem que ser mantida por meios nada comuns; geralmente os professores são jovens, dotados de grande dinamismo, com evidente vocação para comunicadores de espetáculos populares. A aula é sempre teatral, como um "show" na televisão ou em amplos palcos. O centro das atenções nunca é a matéria explicada, mas o professor que empolga, faz rir, canta, pula etc. O conto parece ter essa intenção crítica: mostrar a pedagogia demagógica do cursinho.

Como é o meio ambiente em um cursinho, a julgar pelo texto?

Estilo

O narrador, com o objetivo de mostrar ao vivo a pedagogia demagógica adotada em geral em cursinhos, usa o fantástico para realçar o comportamento inadequado do professor de História. Seria importante que os alunos, em grupo, discutissem o modo de ensinar e as posturas do extravagante professor, bem como avaliassem se aquele tipo de conduta e aquela aula se prestam, além de ensinar, também a educar.

Reescreva a história lida, conservando o estilo fantástico. Só que, em vez de o professor apresentar aquele comportamento muito extrovertido, são os alunos que assim agem.

HILDEBRANDO A. DE ANDRÉ

Sempre fui professor, sempre gostei de escrever. Eis minhas duas profissões, minhas duas tarefas.

Nasci em Monte Alto (SP), cidade muito pequena na ocasião. Tenho muitas lembranças de lá. Depois mudei-me para outras cidades, freqüentei outras escolas, buscando uma profissão. Cursei Letras Clássicas, Filosofia, Direito. Viajei pelo exterior, na ânsia de aprender mais... Mas acabei percebendo que meu destino era ser professor e escrever. É o que faço até hoje. Interiormente sinto-me realizado. Casei-me, tenho seis filhos e já apareceram alguns netos.

Quando escrevo, penso nos meus leitores. O que escrevo a eles são sempre ocultos pedaços da minha vida. Pessoas, coisas, fatos que deixaram suas marcas. Não invento gratuitamente. Reconto, criando em termos de ficção. Tenho certeza de que, por essa recriação, volto a conversar com as pessoas a quem mais quero: os estudantes de todas as idades. Lendo-me, dialogam comigo de algum modo. De ouvidos atentos, ouço e me sinto bem.

Meus contos sempre falam da realidade, do que nos envolve no dia-a-dia da vida. Coincide com o novo estilo dos textos preconizados para a escola, conforme a orientação oficial dos Parâmetros Curriculares Nacionais de Língua Portuguesa (PCNLP). Mais do que nunca, a leitura passa a ser um instrumento de interpretação da realidade e de atuação sobre ela. Uma arma poderosa do cidadão.